U0061780

煩惱獅與魔法兔

作者
蔡逸寧

謹以此書

獻給沙維雅女士，
感謝她的智慧，
讓我看見生命的各種可能。

獻給盧婉婷女士，
感謝她無私的接納、包容和愛，
她一直陪伴我闖過種種難關。

獻給需要陪伴和鼓勵的你，
希望煩惱獅的經歷能為你帶來一些鼓舞和激勵，
我也想將魔法兔的七件寶物送給你。

故事開始前，我們先看看魔法兔擁有的七件寶物：

偵探帽 (Detective Hat)

以好奇與開放的思維來代替即時的、狹隘的判斷。

真心 (Heart)

幫助我們發揮愛、關懷和體恤的本能。

意願盾牌 (Yes/No Medallion)

確保我們的説話反映出內心真正的意願。

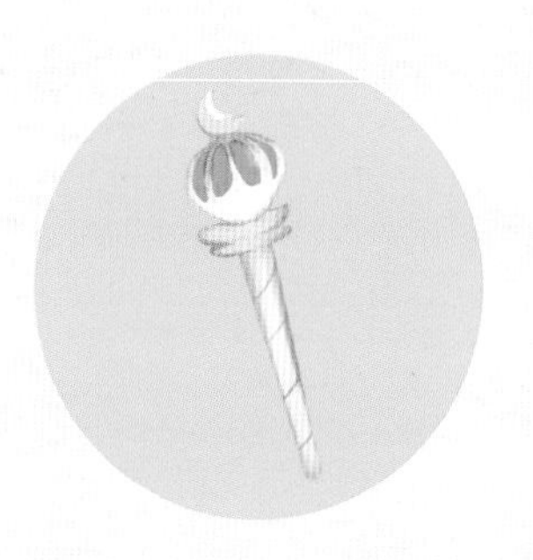

勇氣權杖 (Courage Stick)

幫助我們克服恐懼，勇往直前。

願望棒 (Wishing Wand)

幫助我們接觸自己的需要、期望或夢想。

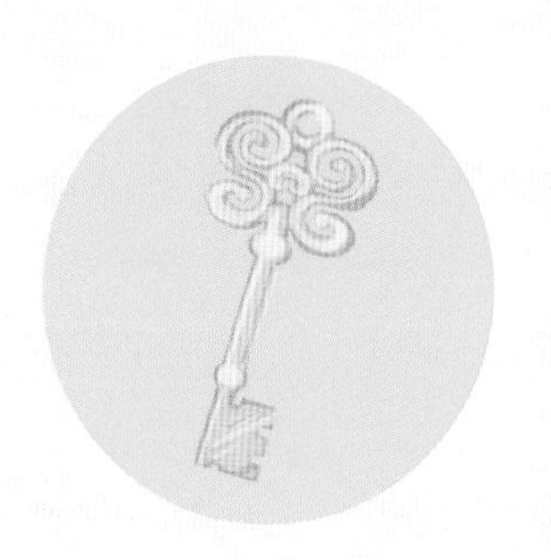

金鑰匙 (Golden Key)

打開無限可能之門，
並容許我們在探索時提出所有我們想到的問題。

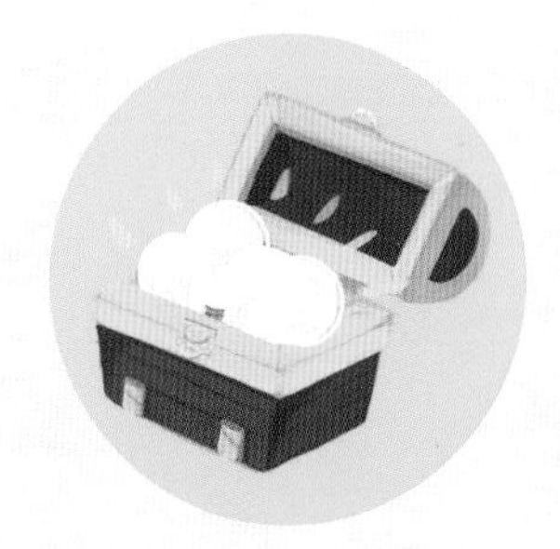

智慧寶盒 (Wisdom Box)

讓我們去連接自己內在的智慧與知識。

準備好了嗎？一起跟隨煩惱獅出發吧！➡

* 本故事引用及參考沙維雅的弟子 Jean McClendon 之「自尊錦囊」版本，共七件寶物。「自尊錦囊」是一套用來維繫自尊感的法寶，也是人與生俱來的本能。「自尊錦囊」內容引自 Tougas, Kurek, M., & Labossiere, N. 著，容曾華薇編 (2012) 《歷程式活動 100+ - 沙維雅成長模式活動教材 (第五冊：自尊感 自尊錦囊) 》，香港：青草地全人發展中心，頁 28-29；並引用及參考沙維雅的信念，見 Virginia Satir, John Banmen, Jane Gerber, Maria Gomori 著，林沈明瑩、陳登義、楊蓓譯 (1998) 《薩提爾的家族治療模式》，台北：張老師文化，頁 20-22。

我從不喜歡自己，
最討厭自己臉上的疤痕。

我沒有家人，
也很想知道自己的父母是誰。

我沒有翅膀，不會飛翔。
我沒有指南針，找不到方向。

我有很多想法，卻沒勇氣實行。

我經常被其他動物欺負。
是弄錯了嗎？
我不是敵人啊！
為甚麼他們笑得這樣開心呢？
他們好像一隻隻大怪獸！

有時候，
我忍不住大吼大叫，
其他動物都被我嚇得發抖。

黑夜來臨了！
我怎麼又失眠了？
我怎麼又做惡夢？
我該怎麼辦？

醒來後，我走到湖邊，心想：

走着，走着……
嘩！我突然掉進洞裏了！

在洞裏，我遇見了魔法兔。
她邀請我用地上的金鎖匙打開「無限可能之門」。

她是誰？
穿過這道門後，
我會看見甚麼呢？
我會遇到危險嗎？

我很困惑。
我很害怕。
我很驚慌。

魔法兔說：

「你拉着我的手吧！我們一起進去冒險！」

好啦！那就試試看！

嘩！原來這是

一個魔法世界！

在魔法世界裏，
我仍然會大聲吼叫。

不過，魔法兔沒有討厭我，
她以真心對待我，
相信我內心是溫柔的。

我得到魔法兔的包容，
感覺既溫暖，又安全。

除了憤怒，
我也漸漸留意到內心更多的感覺。

有時候，
我仍會被其他動物欺負。
他們真的很可怕！

魔法兔，救命啊！
快來救救我啊！
可是，魔法兔沒有即時出現。

有一天，
我背着包袱，
吃力地走上山。
我感到自己捱不下去了！

當我想放棄時，
　魔法兔在旁邊為我打氣。
她一直陪伴着我，
　鼓勵我先休息，
再慢慢地站起來。

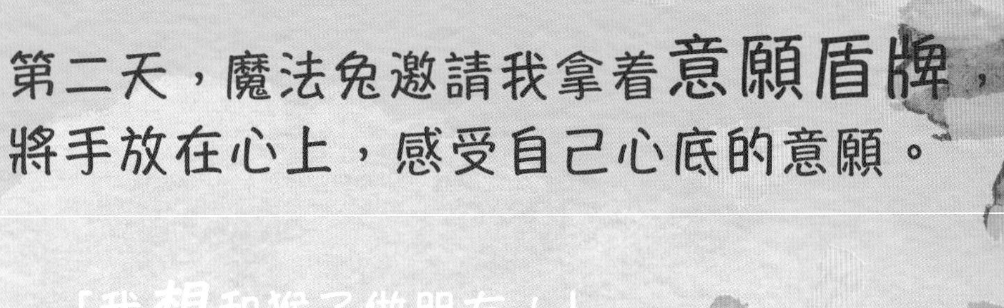

第二天，魔法兔邀請我拿着意願盾牌，
將手放在心上，感受自己心底的意願。

「我想和猴子做朋友！」

「當不願意時，我可以說不！」

「當傷心時，我可以流淚！」

魔法兔將**勇氣權杖**交到我的手上。

她陪伴我往前走，
一起闖過很多難關。

她鼓勵我為自己做選擇，

自己決定怎樣使用**勇氣權杖**。

當我面對困難時，魔法兔便拿出**智慧寶盒**，

提示我運用自己的智慧去解決問題。

自從我相信自己，
我開始找到解決困難的方法。

我還想建立展覽館，
把收集得來的刀和箭放在裏面，
給大家觀賞。

魔法兔知道我的願望後，
將**願望棒**遞給我。
我日日夜夜向着目標，
一步一步去努力。

我終於建立了屬於自己的展覽館！

魔法兔來了，她說要跟我一起**慶祝**呢！

我好奇魔法兔的夢想，

她說：「我的夢想是**心懷大愛做小事**。」

噢！原來在這段旅程中，每一件小事都有着她的大愛。

魔法兔接着說：

「戴上這頂偵探帽，繼續發掘你身上的寶物吧！你是一個奇蹟，擁有成長所需要的寶物。擁抱希望，做你想要的改變！」

我得到魔法兔的祝福，感到充滿力量。

魔法兔說：

「我很開心見證你的成長，
現在我要跟你說再見了！」

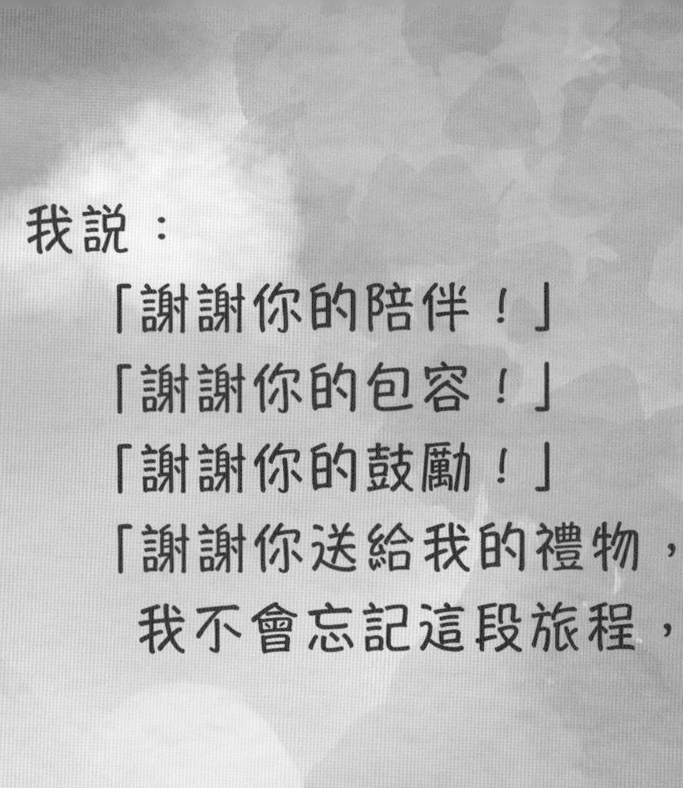

我說：

「謝謝你的陪伴！」

「謝謝你的包容！」

「謝謝你的鼓勵！」

「謝謝你送給我的禮物，

我不會忘記這段旅程，再見了！」

這些禮物陪伴我勇闖生命的難關。

然後，我還發現自己身上有着更多寶物！

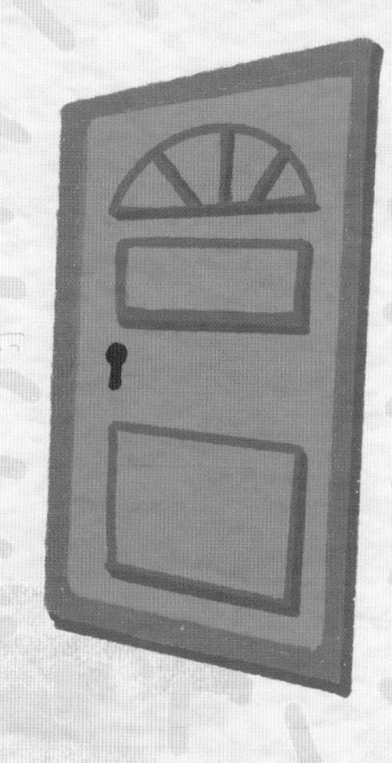

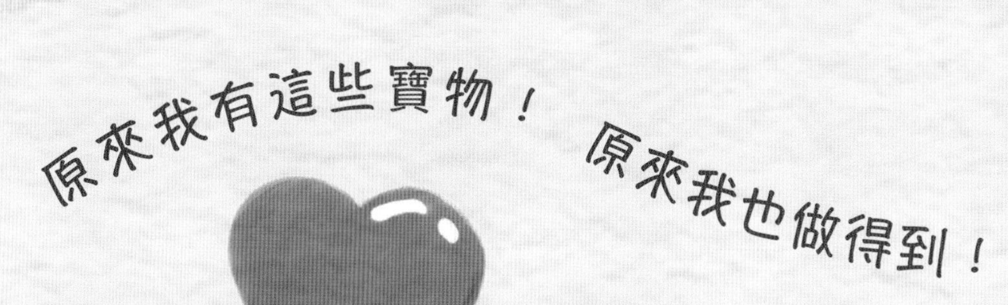

原來我有這些寶物！ 原來我也做得到！

率直

喜歡學習

善良

勇於嘗試

重視感情

正義感

興

廣

觀察力強

熱心助人

有責

這就是我！

尋根究底

幽默

勇敢

堅強

率真

晚上，我望着漆黑的夜空，
想起與魔法兔的冒險旅程。
魔法兔在哪兒呢？
她在跟其他朋友冒險嗎？

我一邊掛念魔法兔，
一邊將祝福送給她，
祝願她的生活安好。

煩惱獅的錦囊

好奇的獅子，戴上偵探帽。
寶盒藏智慧，打開有妙計。
真心展關懷，人人笑開顏。
權杖揮一揮，勇氣就回歸。
盾牌表內心，意願值千金。
金鎖匙巴閉，前途無限制。
願望棒一搖，美夢成真了。
七個小錦囊，永遠在身旁！

掃描二維碼立即收聽
〈煩惱獅的錦囊〉！

煩惱獅與魔法兔

作者

蔡逸寧

先後獲得語文教育榮譽學士、中國語言及文學文學碩士、學校諮商與輔導文學碩士及教育博士。現為香港教育大學文學及文化學系一級講師，主要研究範疇包括中國語文教學、中國歷史教學、情意教學、輔導學、正向心理學等，曾發表論文及文章包括〈透過繪本閱讀提升正向心理〉、“The Contribution of the Satir Model to Positive Psychology for Language Teachers”、〈中國歷史科品德情意教學：以歷史人物為中心〉、〈情意教育與沙維雅模式之交匯：以冰山理論為起點〉、〈結合沙維雅模式的繪本共讀流程〉、〈兒童繪本在情緒教學上的運用〉、〈冰山底層真相——再思第三組別學生〉等。

作　　者　蔡逸寧
插　　畫　Tablelization
責任編輯　陳珈悠
裝幀設計　黃梓茵
印　　務　劉漢舉

出　　版　非凡出版
香港北角英皇道 499 號北角工業大廈一樓 B
電話：（852）2137 2338
傳真：（852）2713 8202
電子郵件：info@chunghwabook.com.hk
網址：http://www.chunghwabook.com.hk

發　　行　香港聯合書刊物流有限公司
香港新界荃灣德士古道 220-248 號荃灣工業中心 16 樓
電話：（852）2150 2100
傳真：（852）2407 3062
電子郵件：info@suplogistics.com.hk

印　　刷　美雅印刷製本有限公司
香港觀塘榮業街六號海濱工業大廈四樓 A 室

版　　次　2023 年 2 月初版

規　　格　12 開（260mm x 240mm）

I S B N　978-988-8809-45-5